자연에 길을 묻다

라온 정석영 시집

프롤로그

아무것도 모르던 유년 시절 한 시골 꼬마는 매일 뭘 끄적이며 작가의 꿈을 키웠다. 그저 빈 공간만 있으면 상상의 나래를 펼치며 글을 쓰고, 책을 읽고 또 읽었다.

어느 순간 그 소년은 먹고사는 것에 쫓겨, 아니 어릴 적 작가의 꿈을 잊은 채 살아왔다. 그나마 독서가 최고의 취미요, 삶의 버팀목이 돼 있는 게 다행이었다.

그러던 그가 어느 날 나태주 시인의 시집을 읽고 문득 문학 소년의 꿈을 되살렸다. 뭐라도 쓰지 않고는 견딜 수가 없었다. 작가의 꿈은 내 마음속 깊이 계속 내재해 있었던 모양이었다.

중년이 되고서야 본격적으로 글을 쓰기 시작하였다. 자투리 시간은 책을 읽고 글을 쓰는 데 할애했다. 뭘 쓴다는 게 무척 좋았다. 어릴 적 동심이 완전히 되살아났다. 하고 싶은 것을 하고 사는 게 얼마나 큰 행복인지 피부로 느끼고 있다.

작년에 자서전을 출간했다. 50세까지 산 내 인생을 한 번쯤 정리하고 싶어 이른 나이지만 정식으로 출판했다. 50편의 자작 시에 50년 동안 살아온 인생 사진을 덧붙였다. 지금 생각해도 잘한 거 같다. 가끔 자서전을 보면서 지나간 시간 속으로 빠져들 때 나름 행복을 느낀다.

앞으로도 10년에 한 번씩은 자서전을 쓰려고 한다. 자서전을 써보니 지나간 삶에 대한 정리도 되고 앞으로 더 열심히 살아야겠다는 생각이 들어 좋은 것 같다. 50대 자서전, 여러분께 적극적으로 시도해 보기를 권해 봅니다.

그동안 많은 시를 썼다. 시인들과 문인협회, 온라인 카페와 밴드 등의 네트워크를 통해 내가 쓴 시를 올려 보기도 하고, 전문 시인들의 수많은 시를 읽어보고 공부도 많이 했다. 내가 쓴 시가 베스트 시로 오르기도 했는데, 어쨌든 같은 취미로 모인 사람들과의 모임은 언제나 즐거운 시간이다.

그동안 쓴 시를 정리해서 라온의 첫 번째 시집을 출간하려 한다. 아마추어 시인이지만 나의 처녀 시집을 출간하기 위해 지난 몇 년 동안 최선을 다했다.

내 첫 시집에는 산야초 시가 많이 들어가 있다. 퇴직하면 귀촌해서 산야초와 함께 살고 싶다. 귀촌하면 다양한 것이 필요할 거 같아 그동아 야가과 주말을 이용해 일식 & 한식 조리사,

전통주 제조, 손글씨, 동양화, 다육아트, 도시 농부 등 많은 것을 배웠다. 귀촌하면 삶의 밑거름이 될 것으로 본다.

시 1부와 2부에는 그동안 라온이 배운 동양화, 손글씨, 다육아트 작품과 실내에서 직접 키운 화초들 사진이다. 3부와 4부에는 시 제목에 어울리는 해당 산야초 사진을 직접 찍어 실었다. 시를 감상하는 데 조금이나마 즐거움과 도움을 주고자 하였다.

나의 인생 2막은 산야초 농장과 카페를 운영하며 글을 쓸 예정이다. 그래서 수년에 걸쳐 산야초 공부를 해왔다. 산야초 전문 과정도 수료했고 자격증도 취득하였다. 산야초에 대한 전문 서적도 현재 집필 중이다. 몇 년 안에 1,000쪽이 넘어가는 대작이 나올 것으로 예상된다. 이 책의 장점은 우리 주변에서 쉽게 볼 수 있는 산야초를 먹거리와 연관 지어 정리했다는 것이다. 그동안 누구도 시도해보지 않은 분야이기도 하다.

산야초 전문 서적 집필과 겸해서 수백 개의 산야초를 하나하나의 시로 표현하는 작업도 겸하고 있다. 다음에는 산야초 전문 시집을 만들어 보려 한다.

이번 시집에 산야초 시도 많이 넣어 낭만 창작시와 잘 어우러져 멋진 시집이 되리라 기대해 본다. 수년간에 걸쳐 이번 시집을 위해 노력했다. 독자들께서 시를 읽고 뭔가 하나라도 느낄 수 있는 것이 있으면 저는 만족한다.

  책을 읽고 책 밖으로 나가지 못하면 책만 읽는 바보가 된다. 실천적 변화가 동반되지 않은 독서는 독이 될 뿐이다. 시도 마찬가지다. 상상력이란 인지 능력, 즉 인생 경험을 통했을 때 더욱 빛을 발하게 된다. 그래서 최대한 많은 것을 배우고 경험해보려고 50년 인생을 살아왔다. 앞으로 남은 인생도 그렇게 살 것이고 내가 직간접적으로 경험한 모든 것을 녹여서 시로 표현할 것이다.

  인생은 홀로 떠도는 외로운 돛단배이지만 시와 함께하면 스토리 넘치는 유람선장의 삶이 되지 않을까 생각한다.

  마지막으로 독자 여러분께 창작의 취미를 권하며 글을 마칠까 한다. 창작은 고통이 아니라 의미 있는 즐거움이고 가치 있는 진정한 삶이다.

2020년 11월
라온 정석영

차례

프롤로그

1부

삶은
아름다운 꽃이다

한라산

백두산, 지리산, 설악산을 포함해
100대 명산을 거의 다 밟아 봤지만

유독 나를 허락하지 않은 산
그 이름도 찬란한 한라산

제주도를 수십 번 가봤지만
갈 때마다 우천으로, 숙취로
인연이 없었던 백록담

한라산 백록담을 보기 위해
수도 없이 시도했지만
중도 포기를 몇 번

오늘은 새벽같이
비를 헤치고
숙취를 누르고
드디어 그 꿈을 이루었다

백두에서 한라까지
온 천하가 내 세상인 듯
가슴이 뭉클하다

천지에서 느끼지 못했던
아기자기한 작은 호수
그 속에 담겨진 오색 빛깔
무한경에 빠지다

비록 우중 산행이었지만
정상의 기쁨이 이리 좋은 적이 있던가

50대 지천명에 작은 꿈을 이루고
한 장의 자서전을 완성한다

이제 또 내일을 위해
천천히 하산하련다

백록담아 안뇽~

자연에 길을 묻다

풀벌레들의 전국노래자랑

풀벌레들이 앞다투어 노래한다
가을 전령사 귀뚜라미가 귀뚤귀뚤

전국 방방곡곡 누비며 노래 경연을 한다
풀벌레들은 마스크를 하지 않은 채
논밭을 누비고 다닌다
니들이 부럽구나!

베토벤 모차르트도
작곡하지 못하는 음색을 내며
귀뚤귀뚤 노래한다

내가 초대하지도 않은
풀벌레들이 어느새 집안에 들어와
껑충껑충 뛰어다닌다

풀벌레 소리를 듣노라면
마음이 어느새 편하게 가라앉고
엄마가 불러줬던 자장가 같다

도심 속에서 쌓였던 스트레스가

풀벌레 소리만 들어도

사르르 녹아내린다

내가 고향을 찾는 이유 중 하나다

풀벌레 소리를 내 고막과

가슴속에 담아 가련다

고향 생각

고향은 온정을 주는 부모님이 있고
격하게 반겨주는 친구들이 있다

바리바리 사 가서
바리바리 싸 오는 게 고향

어릴 적 객지에 나간 큰 누님 기다릴 때
왜 이리 시간은 더디 가는지

자식들 귀향 기다리는 부모 맘도
마찬가지겠지

대가족 시끌벅적한 명절 전날은
아이들의 잔칫날이었지

어른이 돼도 마찬가지
명절은 항상 설렌다

추석이 가까워져 온다
올 추석은 코로나 때문에 걱정이다
그래도 마냥 고향이 그립다

임의 기다림

넉넉하고 푸른 바다에
해가 뜨고 있네요

온통 바다가 붉은색으로
변해 갑니다

눈부신 태양이 세상을 비추듯
내 임도 나를 비추고 있네요

임이 아직 내 눈에 보이지도 않았는데
이내 몸은 벌써 빨갛게 달아오르네요

임이 온다는 빛의 전령이
아니 내 마음의 영원한 태양이
이미 내 몸을 적셔 버렸네요

오작교

보고프고 보고픈 날들
너를 생각하며 기다렸다

우리 갈라놓은 은하수 깊은 계곡
까치와 까마귀 도움으로 이 다리
놓아지기를 기다려야 했네

오작교 다리 놓이면
한걸음에 달려가리라

이 밤이 지나고 새벽이 오기 전
이 시간을 멈추어 세우리라

함께하지 못한 날 많고
헤어지기 싫어 몇 번 옷고름 고쳐 매고
서로 안타깝게 끌어안던 견우와 직녀

그래도 우리의 사랑은 영원하리라
은하수는 오늘 유난히 반짝반짝 빛난다

가을의 시작

장마와 태풍이 연속으로
온 세상을 젖었다고
가을이 오지 않을까

땡볕이 빡빡 가구들을 문지르고
바람이 서늘한 게 가을의 서막인 듯

매미도 마지막 한때라
한 옥타브 터지도록 볼륨을 높이고

귀뜰귀뜰 풀 벌레 소리가
목청을 돋구니

아! 가을이란 놈이 왔구나
남자의 마음도 설렌다

도시 농부 텃밭

핸폰 알람 소리가 주말 새벽을 알리고
눈곱 한풀 벗기고
밭을 향해 분주히 발걸음을 재촉한다

얼마나 자랐을까, 어떻게 변했을까
상상의 나래가 자동 작동된다

한 주간 훌쩍 자란 자식들
농부 발 소리에
화들짝 놀라 기지개 켠다

따사로운 아침 햇살에 풀벌레 뛰어다니는데
맑은 공기 마시며
사랑스런 자식들을 천천히 바라본다

하늘이시여
나의 사랑스러운 어린 양들에게
따사로운 가을 햇살을 조금 더 내려주시고
풍성하게 하소서

귀뚜라미

귀뚤귀뚤 귀뚤귀뚤
소리 내는 놈이 점점 다가온다

전화가 왔다
전화기 안에서도
귀뚤귀뚤 더 크게 다가온다

저녁과 밤 사이
온 세상이 귀뚤귀뚤

누가 더 크게 할 거나
귀뚤귀뚤 경연대회

귀뚤귀뚤 귀뚤귀뚤
바야흐로 가을
귀뚤 세상인가 보다

성공 라이프란 없다

인생의 성공 라이프란 있을까
없는 거 같다

모든 인생은 결국 똑같이
한 줌의 흙으로 돌아간다

누군가는
열심히 살아서
사회적 높은 위치에 올라서
돈을 많이 벌어서
성공했다 말한다

그래서 행복하면
성공했다고 할 수도 있다

그러나 돈과 명예를 얻으면
인간은 더 많은 것을 원한다

그러니 행복은 영원히 오지 않는다
아니, 올 수가 없는 존재일지도 모른다

그러니 모든 마음을 비우고

한세상 편하게 살자

그러면 행복이란 놈도 따라올 수도

자연에 길을 묻다

여자 탐구

여자가
옷을 고르며 쇼핑몰에 있다

수십 번 골라골라
새 옷을 입고 거울 앞에 서더니
아주 만족한 미소를 짓는다
쇼핑을 시작한 지 3시간도 넘게 지났다

여자는 친구에게 어울리느냐고 묻고
점원을 불러 또 묻는다

집에 온 여자는
남편에게
자식들에게
새 옷을 차려입고
어떠냐고 계속 묻기를 반복한다

다음날도 여자는
출근해서도
친구를 만나서도
아는 사람을 만날 때마다
되풀이한다

여자는
자신의 결정에 대해
동의해 줄 사람이
끊임없이 필요한가 보다

자신이 세상의 관심 대상이 되고 싶은가 보다
옷 한 벌 사서 저리 유난을 피우는 게
여자인가 싶다
그래도 여자는 사랑스럽다

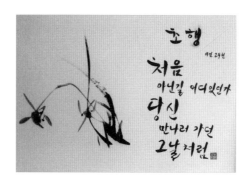

인생 이정표

인생은 자욱한 안개 속에서
보이지 않은 길을
헤쳐나가는 긴 여정이다

살아가는 인생길에는
이정표도 정답도 없다

파도를 헤쳐가며
인생길을 찾아가는
각자의 선택만 있을 뿐이다

다만 자기만의 인생길을
끊임없이 갈구하고 노력하면
이정표를 찾을 수도 있으리

첫사랑 느낌으로

첫사랑 느낌으로 세상을 사노라면
슬픔은 녹아내고 기쁨은 두 배 되네

첫사랑 느낌으로 세상을 사노라면
싸움은 없어지고 행복의 연속일세

첫사랑 느낌으로 세상을 사노라면
하루하루가 천국일세

연인

한 걸음 한 걸음
좀 더 가까운 연인처럼

한 걸음 한 걸음
더 가깝게 당신께
다가가고 싶습니다

당신이 나에게 오다가 넘어지면
일으켜주고
어루만져주고 싶습니다

우리 서로 만나면
당신을 꼭
안아주고 싶습니다

비 오는 날

촉촉한 봄비가
너의 입술을 적시고

세찬 여름 장맛비
빨알간 우산 속에서
사랑을 속삭이고

낭만의 가을비에
달콤한 사랑을 나누고

차가운 겨울비가
뜨거운 사랑을 식혀주네

약한 것이 강한 것을 이기고
부드러운 것이 모달한 것을 이긴다

자연에 길을 묻다

홍당무 첫사랑

첫사랑은 홍당무다
소녀를 보면 볼이 새빨갛게 된다
마음을 설레게 했던 그 소녀

첫사랑은 풋사과다
애정이란 거름이 있어야만 새빨간
사과가 열린다

첫사랑 마음의 서랍 속에
고이고이 간직한 채
혼자만 살포시 보고픈 그 소녀

세월의 흔적을 비껴갈 수 없는
그 소녀는 중년이 되었지만
영원한 나의 첫사랑

꽃보다 아름다운 당신

살포시 미소 짓는 당신은
뭇 시선에도 아랑곳하지 않고 빼어난
미모를 마음껏 뽐내고 있어요

상냥한 미소에 답하듯 바라보는
사람들은 마냥 행복해 보입니다
덩달아 나도 행복합니다

주위에 온통 꽃 잔치지만 유독 시선을
사로잡는 매력 있는 꽃이 있어요

언제나 내 안에 자리 잡고
예쁜 미소로 인사하는
당신은 이 세상의 온갖 꽃보다 아름다워요

늘 내 곁에서 힘이 되어주는 당신을
한결같이 천년만년
사랑하고 사모합니다

당신은 꽃보다 아름다운 사람입니다
당신을 영원히 사랑합니다

주말농장 가는 길

솔솔 불어오는
가을바람

주말을 맞아
꽃처럼 웃으며

텃밭 가는
농부의 마음은
신바람 납니다

새처럼 노래하며
구름처럼 유유자적

주말농장 가는 길
언제나 행복합니다

가을

가을은 연인처럼 왔다가
화살처럼 떠난다

그렇게 가을은
한순간에 지나간다

가을이 와서
좋다고 하지만

더 이상 가을은 없네

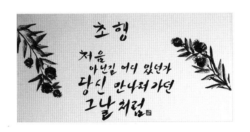

초행

처음
아닌길 어디 있던가
당신 만나러가던
그날 처럼

글을 쓴다는 것

글을 쓴다는 것은
창작의 고통을
기쁨으로 승화하는 일

글을 쓴다는 것은
마음을 읽고
정리하는 일

글을 쓴다는 것은
자기 생각과 마음과
행동을 일치시키는 일

글을 쓴다는 것은
행복의 문과
자신의 꿈을 열어주는 일

친구

멀리 목소리로 공감하며
마음속으로 다가가면
공감해 주는 친구

햇살이 산야초를 먼 거리에서
비춰주는 것처럼

멀리 있어도 가슴으로
사랑과 우정을 나눌 수 있는
소중한 친구

친구에게
마음 아픈 일이 생긴다면
기도하며 마음으로라도 보듬어 주는 친구

먼 훗날 만났을 때
웃는 얼굴로 지난날의 추억을
속삭일 수 있는 친구

설령 만나지 못할지라도
맘속에 항상 그리운 사람으로
남는 친구가 됐으면 하다

자연에 길을 묻다

코로나 시대

코로나가 밀물처럼
몰려와
사회 대변혁이 일어났다

학생들은 온라인 수업
직장인은 재택근무

결혼식은 연기하다 지쳐
가족 행사로 자리매김

장례식장은 썰렁해서
귀신이 귀신을 추모한다

대면 모임, 사람 이동 줄어드니
소상공인들 줄폐업 속출한다

혼식, 혼껨, 혼운
모든 것을 나 혼자 한다

거리 두기 정착되니
인간애는 사라지고

남는 것은 여기저기
자연인뿐이로다

버섯 연인

그의 얼굴을 보면 영지버섯이 보인다
얼굴에서 영롱함이 느껴진다

그의 귀를 보면 목이버섯이 보인다
오목한 귀에 좋은 말을 담는다

그의 체취는 송이와 비슷하다
은은한 솔향이 풍겨 나온다

그의 인품은 능이를 닮았다
어느 음식에나 궁합이 잘 맞고
퍼져있는 능이처럼 마음이 넓다

그의 목소리는 말굽버섯을 닮았다
경주마의 힘찬 말굽 소리가 난다

그의 엉덩이를 보면 노루궁뎅이 버섯이 생각난다
토실토실 복스럽다

그는 절벽의 석이버섯과 같다
손에 닿을 듯하지만, 저 멀리 먼 곳에 있다

인생살이

인생은 손님처럼 왔다가
여행처럼 살다가
바람처럼 사라지는 거

하늘은
그냥 푸른 하늘에
흰 구름인 것을

어차피 한세상
아등바등 살지 말고
모든 걸 내려놓자

그대의 꽃내음

난 바람이고 싶다
바람이 그대를 감싸고
어루만질 수 있으니

난 커피잔이고 싶다
촉촉한 그대 입술이
가만히 다가오니까

난 꽃내음이고 싶다
그대를 향기롭고 행복하게 하고
미소 짓게 만드는
나는 향기로운 그대의 꽃내음이고 싶다

오지 책방

깊은 산골
오지에
책방을 열었다

나그네 손님이
오든
안 오든

맬 책방 문을 여는
친구가 있다

책을 읽고
시를 쓰며

세월 낚는
책방

그는 지금
무지 행복하다

자연에 길을 묻다

허수아비

외다리에 외로운 남자
밀짚모자에 전투복까지
임전무퇴 자세로

비바람에도 끄떡 않고
쉴 새 없이 샛님들에게
눈알을 굴린다

품삯도 없이 식음을 전폐하고
오늘도 경계근무에
만전을 기한다

허수아비 덕분에
농부는 잠시나마
그늘에서 휴식을 취한다

메뚜기와 잠자리가
잠시 놀러 와
새참 드시라 속삭이지만
허수아비는 계속 근무 중 이상 무

올해도 들판은 풍년을 약속하고
허수아비에게 고마움을 표하고
풍성함으로 보답합니다

가을이 문밖에서 서성일 때

올 거 같지 않았던
가을이 어느새 훌쩍
문밖에 찾아왔네

역대급 긴 장마와 폭우로
쑥대밭을 만들었던 여름날이
무색하리만큼
요즘 시원함을 자랑한다

내버려 둬도
결국 물러날 것을
왜 그리 투정을 부렸을까

들판에 고개 숙이는
황금물결을 보며
이것이 자연의 이치구나!
깨닫는다

올가을에는
산에서 내려온 산들바람을 만나
코로나를 벗어나
자연으로 숨어들고 싶다

내 행복은 귀촌입니다

언제든지 찾아가 쉴 수 있고
힘들 때마다 나의 포근한 안식처가 되어주는
당신을 사랑합니다

기억하기 싫었던 수많은 시간이
내 곁을 스치고 지나갔지만
지금처럼 행복한 적은 없었습니다

귀촌이란 보금자리에서
내일의 행복을 이야기할 수 있어
저는 행복합니다

지나간 도시 삶은
흔적도 없이 사라져 간 이슬처럼
잊혀간 기억일 뿐입니다

오늘도 귀촌, 당신을 꿈꾸기에
내 삶이 풍요롭고 윤택해졌고
희망이 보입니다

자연에 길을 묻다

오늘은 당신의 마음을 얻겠습니다
강물은 말없이 흘러가도
맞닿을 수 있는 바다가 있지만

난 닿을 수 없는
거리만 걸어 다녔기에
당신과의 만남이
나에겐 최고의 행운입니다

나보다 더 나를 품어주는 귀촌
당신을 먼저 선택한 것은 나였지만
가슴과 믿음으로 저를 안은 것은
당신이었습니다.

끝이 보이지 않고
힘겨웠던 나의 인생 여정
귀촌, 당신에게 안착하고 싶습니다.

그곳이 굽이진 시골 골짜기라 해도
거세게 몰아치는 허허벌판이라도
그곳이 내가 갈구하는 귀촌이라면
이제 발길을 멈추겠습니다.

그곳에서 나의 행복을 노래하고
마지막 꿈을 꾸고 싶습니다

2부

인생은
살 만하다

어디론가 떠나고 싶다

화창한 가을이 황금물결로 물들어간다
어디론가 떠나고 싶어지는 계절이다

덜컹거리는 시골 길을 버스 타고
한적한 바닷가 마을에 내려
커피 한 잔 마시며

소박한 얘기 나눌 누군가를
우연히 만날 수 있음 좋겠다

수확의 계절 가을을 맞아
처음부터 다시
나를 물들이고 싶다

삶의 향기를
상큼하게 색다르게
라온 나무 한 그루에
나만의 나이테를
진정으로 새기고 싶다

여행은 항상 새로움을
가져다주는
내 인생의 즐거움이요
샘물이다

자연에 길을 묻다

벌초

매년 처서가 지나면
벌초 문자 울린다

올해도 어김없이
띠리링 띠리링

울 가슴속
조상을 향한 울림 있어

형제, 삼촌, 사촌, 조카
피붙이끼리
묘소 단장 나선다

들에는 황금 물결
알알이 영글어가고

지지배배 지지배배
새들의 노래 향연 이어지네

망자의 가슴에는
후손 사랑
안전 사랑

위풍당당하게 점령했던 잡초가
속절없이 베어진다

이마엔 비 오듯 땀 흐르고
손목이 부들부들 저려오지만
마음은 가벼워 날아갈 듯

오늘도 이승과 저승의 정을
더욱 공고히 하며
일생의 근심 걱정을 예초기로 자른다

자연에 길을 묻다

바다가 보이는 그곳

만선의 똑딱 고깃배가
갈매기를 부르고
수평선 너머 지평선이 교차하며
하늘과 땅을 이어주는 풍요로운 바닷가

바다는 하늘을 우러러보고
하늘은 바다를 사랑하는
바로 그곳

작은 등대 밑에서
소설책을 꺼내 들면
햇볕이 비춰주고 파도 바람에
책장이 넘어가네

한나절 읽어도 못다 읽어
내일 아침에 마저 읽고
또 다른 책을 읽어도
지루하지 않다

앞이 탁 트인 곳

그대가 좋아하는 그곳

그대 흔적에 다가가기 위해

오늘도 바닷가를 혼자 외로이 거닌다

자신만이 존재 자체다

자기 자신이 있으므로
가족도 친구도 있다
자신이 존재하므로 모든 게 있다

자신만이 존재 자체요
자신 외의 모든 현상은 허상이다

실상인 자신이 있으므로
허상이 실상으로 살았을 뿐
자기 자신이 모든 것의 전부다

행복해지려면
자기 자신이 하고 싶은 것을
꾸준히 추구하고

자신만의 인생 일기장을
빼곡히 완성하라

무인도

그 섬에 가고 싶다
우리 둘만의 무인도로
조약돌과 조개껍데기에
사랑을 새기고 싶네

그리움은 하얀 거품을 내뱉고
사무침은 파도가 되어
시퍼렇게 멍이 들었네

갈매기가 임 소식을
전해주고
등대가 임 오는 길을
비춰주면

민들레 홀씨 타고
내 임이 금방 오시겠지

자연에 길을 묻다

진정한 내 편이 필요하다

내가 잘못하고
실망시켜도
괜찮아 괜찮아
토닥토닥 위로의 말
주는 사람

외롭고 기분 상해
술 한잔하고 싶을 때
마주 앉아
하소연과 푸념
조용히 들어 주는 사람

새 일을 시작할 때
왜 그 일을 하느냐고
다그치기보다
차분히 이유를 듣고
타당성에 대해 의견을 개진해주고
용기와 칭찬을 아끼지 않는 사람

나의 무식과 무지를
탓하기보다
단점과 무모함을 일깨워 주고
힘을 실어 주는 사람

이런 사람이
진정 내 편입니다
나도 진정한
당신 편이 되고 싶습니다

그런 당신 편
내 편
우리 함께 만들어 봐요

완전한 인생 있을까

완전한 인생은
모든 이의 꿈이고

불완전한 것이
비로소 인생이다

인간은 이별의 슬픔과
만남의 기쁨이 있고

달은 밝고 어둡고 둥글고
이지러짐이 있다

우리네 인생
완전하다고 말할 사람 있을까?

보통의 삶
그것이 인생, 그 자체이다

하고재비

나는야 자연인
무인도 자연에 산다

나는야 하고재비
하고 싶은 것이 많다

나는야 풍류남
뻘배 타고 노닌다

나는야 하고재비
누룩 막걸리로 세월을 낚고
전통 소주로 고독을 즐긴다

자연에 길을 묻다

냉장고는 다이어트 중

울 집 냉장고는
다이어트 중이다

그동안 너무 많이 채우고
살았던 거 같다

냉장고가 반쯤 차 있으니
내가 홀쭉해진 느낌이고
내 마음도 편해졌다

마음을 비우니
냉장고가 비어 있어도
뭘 채우고 싶은 욕망이 없다

요즘 냉장고를
열 때마다 행복하다
아마 냉장고도 같은 마음이겠지

내 마음도
내 욕심도
울 집 냉장고와 같이
계속 다이어트 중이다

시골이 좋아

시골에 오면
생활이 달라진다

시골이 좋다는
말을 달고 산다

시골은 뭔가를 기다린다는
일이 도시와 다르고
기다리는 차원이 다르다

시골은 감탄도 감동도
모두 꽁짜다

이웃이 있어 즐겁고
시골에 있는 자체가 더 즐겁다

웃음이 자주 나온다
흥얼흥얼 나도 모르게 노래한다

자연에 길을 묻다

청춘에 고함, 시골로 가라

요즘 젊은 친구들은
힘들고 고달프다

취업 전선
끝이 안 보인다

연애도
취직도
결혼도
딴 나라 얘기다

도시는 갈 곳 잃은
젊은 천사들로 넘쳐난다
그러니 제대로 대접을 받을 수 있겠는가!

반면 시골은 젊은이가 없어
귀한 대접을 받을 수 있고
청년이 할 일도 많다

젊은이여!
지금 당장 시골로 향하라
그곳은 당신을 격하게 반겨주고
행복을 가져다줄 것이다

시골에서
작은 행복에 만족하며
본인이 꿈꾸던 것을 천천히 실행하라

나이가 들수록 그대는
더욱 행복해질 것이다

자연에 길을 묻다

노년의 친구

노년을 행복하게 살기 위한
조건에는 여러 가지가 있다

일
건강
배우자
자산
친구

그중 친구는 추억을 함께
나눌 수 있어 좋다

사람은 미래보다는 추억을
더 소중하게 생각하는 동물이다

나이가 들어감에 따라
남는 건 시간이고
친구가 더욱 소중해진다

추억을 함께 나눌 친구가 없다면
앙꼬 없는 찐빵 인생이 된다

친구가 많을수록 좋겠지만
흉허물없이 터놓고 지낼 수 있는
친구 열 명 정도는 있어야 한다

현재 친구가 부족하다 느낀다면
동창회, 동우회, 지인 등을 통해
평생 친구를 늘려라

나이와 상관하지 말고
신분 따지지 말고
편한 친구
그런 친구가 당신의 평생 친구다

자연에 길을 묻다

친구는 최고 선물

이래도 한세상
저래도 한세상

자네도 빈손
나도 빈손

있다고 더 오래 살고
없다고 더 적게 사는
인생도 아닌 것을

백 년도 못 사는
짧은 인생길

천 년을 살 것처럼
욕심내고
고민하고

빈손으로 왔다가
빈손으로 가는
우리네 인생인데

어찌 그리 욕망으로
남을 다치게 하고

어찌 그리 욕심으로
세상을 등지는가

한 번 왔다
한 번 가는 인생

즐기면서
하하 호호 웃으면서
여행을 끝내야 하지 않겠는가

나누고
베풀고
감사하면서

누굴 미워하거나
시기하지도 말며

자연에 길을 묻다

주위의 사람들과
하나 되어

사랑하며 사는 삶이
멋진 인생 아닐까

살면서 딱 한 가지
욕심낼 것이 있다면
친구에 대한 욕심이 아닐까

우리 백 년 여행 중에
언제부턴가 혼자 여행하기
버거울 때가 올 테고

그럴 때 가장 곁에 두고 싶고
가장 그리운 게
친구 아닐까

진정한 행복은
친구가 곁에 있다는 것

인생에서 가장 큰 선물은
막걸리 같은 친구

그런 친구가
바로 당신이었으면

탐관오리

나라의 곳간을 맡겼더니
쥐새끼들이 갉아 먹었네

술잔에 담긴 것은 백성의 피요
안주는 백성의 기름이다

촛물은 백성의 눈물이요
노랫소리는 백성의 원망이다

정치가는 다음 세대를 걱정하고
정치꾼은 다음 선거를 걱정한다

이 시대에 진정한 정치가가
없는 것이 통탄스럽다

암행어사 출두요

역지사지

사람은 자기가 보고 싶은 것
세상의 현실밖에 보지 않는다

즉 자기가 보고 싶은 것만
보고 산다

역지사지 뜻을 잘 알지만
남의 입장 생각 않은 채
자신 입장만 고수한다

그래서 생각과 견해차가
점점 커져 갈등이 확대된다

본인이 하고 싶지 않은 것은
남에게 하라고 강요하거나
베풀지 않아야 한다

자신을 낮추고 상대방의 입장에서
돌아볼 수 있는 인격
이것이 진정한 역지사지

송편

송편을 빚은
기억이 오래됐다

흰 저고리
가을을 닮은 송편
먹고 싶다

가을 하늘
하얀 솜사탕 그대
보고 싶어라

오늘은 반달을 빚는다
각자의 마음을 담아서

미래도 빚는다
사랑이 꽉 차도록

빚어낸 송편은
나의 순수 인생이다

비록 반달이지만
두 마음이 합쳐지면

보름달 같은
한 인생이 되겠지

보름달도 빚는다
마음 주머니 꾹꾹 눌러서

주름으로 접힌 자식 걱정에
어머니 보름달은 넉넉하다

함께 일하며 즐길 수 있는 여유

의무보다
더 하는 자

기대치보다
더 해내는 자

받기보다
더 봉사하는 자

늘 받는 것에
연연하지 말고

자기 뜻대로
만들려 하지 말고

함께하는 것에서
즐길 수 있는
여유를 찾자

가을이 오는 이유

여름이 갔다고
그냥 가을이 오는 게 아냐

여름철 장맛비처럼
내가 하염없이 울어서

뜨거운 여름 땡볕이
내 눈물에 흠뻑 젖어서

그렇게 가을이 온 거야

오늘 난 여름을 털어 버리고
가을을 만끽하고 있어

자연에 길을 묻다

산다는 것

웃는 날보다
우울한 날이 많다는 걸

깨닫는 순간
인생이 깊어진다

꽃은 시들어도
향기가 남고

둥근 보름달은 져도
다시 떠오른다

오늘도 코스모스 향기가
바람에 스치고

밤하늘엔 달이 보인다
우리가 살 이유다

거울 속의 모습

카메라가 겉모습만 찍으니
얼마나 다행인가

마음속까지 찍어낸다면
사진을 찍을 수 있을까!

거울이 겉모습만 비추니
얼마나 다행인가

마음속까지 비춘다면
거울 앞에 설 수 있을까!

오늘도 예쁜 모습으로
사진 포즈를 취하고

진한 화장으로
변장하고 거울을 본다

수줍음과 숨기려는 미소 사이
알 듯 모를 듯하는 사이
이렇게 하루가 다행히 지나간다

인생은 외로움을 즐기는 거야

인생은 외로우니까
사는 거야

외로우니깐
우는 거고

외로우니깐
누굴 찾는 거고

외로우니깐
사색하는 거야

인생은 외롭거나
잠시 외롭지 않거나
둘 중 하나야

그게 사람 사는 거야
외로우니깐
사람으로 사는 거야

외로움을 즐기며
사는 인생
그게 최고 인생이야

자연에 길을 묻다

인생 여행

인생은 머나먼
여행길이다

즐거운 여행일 수 있고
불행한 여행일 수도 있다

혼자 가는 여행도 좋고
또 여럿이면 어떠한가

여행길에서
비를 맞기도 하고

눈보라를 만나기도
때론 돌부리에 넘어지기도 한다

무지한 사람은 방황하고
현명한 사람은 여행한다

여행은 처방전 없는
최고의 면역력이자 치료제다

우리 함께 여행을 떠나요

한가위

고향 집 가는 마음
기쁨과 설렘으로 잠을 설치고

애절한 그리움 달래려고
뿌리를 찾아
고향으로 향한다

한가위 보름달 얼마나 크고 밝기에
세상을 환하게 비추고
풍요도 주고 마음도 준다

이승과 저승
차례로 주고받는 인사 속에
포근한 정을 느끼고

햇과일, 햇곡식
푸짐한 음식으로
넉넉한 한가위 맞이한다

자연에 길을 묻다

흐르는 강물

저 강물이 어디로 가는지
알 수 있다면

우리 인생에 대해서
말할 수 있을 텐데

사방에서 들려 오는 이 물소리
어디서 흘러왔는지 알 수 있다면

우리네 인생길
방향을 잡을 수 있을 텐데

그 방향을 아무도 모르니
오늘도 우리 맘은 편하다

그저 저 강물과 함께
내 마음도 따라 흐른다

빈손 인생

인생살이
빈손이 좋다

한 보따리 손보다
빈손이 편하다

언제부턴가
여백도 좋아졌다

무엇이든
채울 수 있는 여백

빈손으로 왔다가
여백을 남겨 놓고 가는 인생

그것이
최고의 인생인 듯

가을 남자

벼 이삭 한 톨마다
가을을 달고

살랑살랑 가을바람에
날개가 흔들리는

고추잠자리가
가을을 열어주네

영롱한 가을 햇살은
점점 낙엽을 짙게 채색하고

창공을 비상하는 잠자리와 함께
추남이 되어 가을 향기에 취한다

현명한 자 어리석은 자

현명한 자는 옥석을 가릴 줄 알고
보배로운 말이 무엇인가를 알며

자신의 마음을 온전히 내어줄
의식이 깨어 있는 사람이다

어리석은 자는 가식적 말을 사랑하고
그것이 행복이라 느끼며

자신의 몸과 마음을 불나방처럼
무의식 속에 빠져 모든 것을 던진다

사람은 똑같은 시간이 주어지더라도
누구와 어떤 시간을 보내는가가 중요하고

진정으로 마음을 잘 쓰고 세상의 이치를 알며
인생을 사는 사람이 현명한 자다

캠핑

숲에서 낯선 불편함은
찬란한 숲속의 아침을 맞이하며

작은 희망
작은 기다림으로
다시 태어난다

새벽을 여는
새소리
물소리

햇살 사이의 반짝임
숲이 주는 무한의 선물
이 순간 행복은
지난 고단한 삶에 대한 선물

숲은 말하지요
세상의 기쁨과 행복이
여기에 있다고

오늘도 나는 캠핑과 함께

나만의 자연을 공유하며

행복에 빠진다

인생 이치

좋은 옷을 입고
이름 있는 학교를 나왔다고

잘 사는 것이라고
말할 수 있을까

화려한 모습으로
몸을 치장하고

알음알이 지식으로
무엇을 알았다

제대로 된 인생을 살고 있다고
말할 수 있을까!

이치를 깨닫는 자의 말을
인생의 기준으로 삼고

이치에 맞는 마음으로
세상을 살아가라

그러면 공허한 당신의 인생이

알뜰하고 진리 이치로 채워 지리라

세월은 간다

세월이 가면
모든 것은 지나간다

굉장히 섭섭했던 사람도
세월이 지나가니 다 잊어먹는다

철천지원수도 세월이 가니
서로 왕래하게 된다

미스코리아도 세월이 가니
동네 아줌마와 비슷해진다

대학교를 나왔어도
세월이 가니 국졸자와 비슷해진다

철판도 번쩍 들어 올리던 삼손의 힘은
세월이 가니 비실비실해진다

무엇이든지 다 할 수 있을 것 같고
지고 싶지 않던 패기와 깡다구가 있었는데
세월이 가니 그런 것이 다 빠져나간다

철이 없어 그토록 부모 속을 썩였는데
세월이 가니 철이 들어 효자가 된다

죽으면 죽었지 교회 안 나올 것 같던 사람이
세월이 지나가니 착실한 신자가 된다

세상 모든 것은 다 이렇게 지나간다
인기도 미모도 권력도 지나간다

어쩔 수 없이 사람은 나이를 먹고
늙고 쭈그러들고 그러다가 언젠가는 죽는다

그러니 그때그때 하고 싶은 거 다 하고
재밌게 살아야 한다

사랑이 오고 갈 때

사랑은 아무 소리 없이 온다
가을철 낙엽이 물들 듯
깊은 겨울밤 함박눈처럼
살포시 온다

사랑은 요란하게 떠나간다
천둥 번개 치듯
폭풍우처럼
세찬 상처를 주고 간다

사랑이 강렬하게 왔다가
아무 상처 없이
조용히 떠나가면 좋을 텐데

마음에 상처를 주는 사랑
중독성인가

이 가을에
사랑 또 하고 싶은 맘이 드니
참으로 알다가도 모르겠다

3부

산야초를
접시에 담다

산야초 산행

오늘도 산에 간다
우리 임 보러
첫사랑 애인 보듯
설레는 마음으로

너를 보면 왠지 좋다
그 느낌 누가 알꼬
어제도 봤는데
오늘 또 보니 설렌다

누가 훔쳐 보면 어쩌나
오늘도 조용히
혼자 간다

새색시 상기된
분홍빛 볼살처럼
핑크빛 야생화가
활짝 폈네

오늘도 새롭게 변하는
네 모습에
활기찬 하루를
살포시 시작한다

독버섯

명절을 맞아 버섯을 따기 위해
깊은 산을 오르고 또 오른다

두 능선 세 능선 넘어도
방긋 웃는 능이 송이 보이지 않고

퇴색된 먹버섯 몇 개 보일 뿐
절색만 여기저기 널브러져 있다

독버섯은 현란한 색으로 변신하고
치명적인 무기를 숨겨야 했다

인간의 접근을 막으려
만고절색으로 화장했다

독을 품은 놈들은 늘 혼자였고
이웃과 더불어 살기 힘들다

그러나 사람은 독초를 사랑한다
달리 보이고 화려하다는 이유만으로

죽는다는 사실을 알면서도

현란한 색과 향기를 쫓는 부나비가 된다

민들레

민들레꽃 필 때면
내 마음 설레고

민들레 홀씨 되어
임 찾아 떠나리

흰민들레, 서양민들레
색상과 종은 다르지만
약효는 비슷해서 쓰임새는 같다

민들레 약효처럼
올가을엔 찐한 사랑 하고 싶다

질경이

짓밟혀도 짓밟혀도
살아나는 질경이

사람에 밟혀도
차바퀴가 지나가도
끄떡없는 질경이

그리 질기고 질기니
얼마나 약효가 좋을까

간에 좋은 질경이밥 만들어
온 동네 나눠 먹자꾸나

자연에 길을 묻다

고들빼기

고들고들 고들빼기
야들야들 고들채

향긋하고 쌉싸름한 맛
어느 것이 따라올쏘냐

비타민, 이눌린, 사포닌 풍부해
건강에도 좋다

쓴맛 살짝 우려내
초장에 무쳐내면 천상의 맛이로다

고들 김치로 다시 태어나면
일 년 내내 고들빼기 내음에
입이 즐겁고 행복하도다

씀바귀

잎사귀보다
뿌리가 실한 씀바귀

인삼 맛 나지만
씀바귀는 반찬과 김치가 가능하다

봄철 입맛 없을 때
잦은 양념에 버무린 씀바귀에
보리밥 비벼 먹던 어릴 적 기억이 새록새록

한 숟가락 더 먹으려 달려들면
이내 빈 양푼만 남았지

그 추억 생각하며
오늘 저녁은 씀바귀 양푼 비빔밥

개망초

망초 망초 개망초
조선을 점령했네

망국으로 간 일제 그 시절
어찌 잊으리

망초 망초 개망초
지금도 들판에 널렸네

개망초꽃 꽃차 만들고
망초순 나물 만들어

밥 한 숟가락 뜨면서
그날을 곱씹어 본다

배암차즈기

잎에 곰보가 박혀서
곰보배추

모양은 작은 배추 모양
맛은 쓰고 매워서 약이 되는 나물

고기와 된장과 잘 어울려
삼겹살 구울 때 쌈으로 제격이지

김치로 담가 먹으면
배추라는 이름값 하지

생선회 먹을 때
향신료로 곁들여도 최고

고기 먹을 때
생선 먹을 때
두루두루 다 좋은 곰보배추

자연에 길을 묻다

뽀리뱅이

보리밭 그늘에서 자란다 해서
붙여진 뽀리뱅이

봄에는 맛있는 쌈과 나물이 좋고
오뉴월 노오란 뱅이꽃은 너무나도 앙증맞다

노란 서양민들레에 이어서
뽀리뱅이가 들판을 노랗게 만든다

작년에 담근 뽀리뱅이 김치는
봄나물 김치 중 최고라고 자랑질한다

오늘도 뽀리뱅이 김치와 쌈으로
한 끼를 건강하게 해결하고 웃음 짓는다

금낭화

당신을 따르겠습니다
순종의 꽃말을 가진 금낭화

고개를 숙인 담홍색 나비들이
빨랫줄에 거꾸로 매달린 연등처럼

한복 입은 여인들이 허리춤에 단
비단 주머니 같은 금낭화

집집이 절간마다
연꽃처럼 아름다운 금낭화 세상

명아주

잡초인데도 감칠맛 나는 나물로
땅심을 높이는 녹비 작물로 태어난 명아주

잡초인데도 고혈압을 예방하는 약초로
어르신들을 지탱하는 지팡이로 거듭난다

50세 자식들이 주는 청려장은 가장
60세 마을에서 주는 청려장은 향장
70세 국가에서 주는 청려장은 국장
80세 임금님이 주는 청려장은 조장

두루두루 세상을 이롭게 지팡이 인생
마지막까지 한없이 베풀고 가는 명아주 인생

소리쟁이

하천가 습지에서 왕성한 번식력과
생명력을 자랑하는 소리쟁이

소리쟁이 떴다 하면
누구도 범접하지 못하고

여름철 산들바람 불면 열매와 잎사귀가 부딪쳐
사르르 사르르 흥 소리가 절로 난다

시금치 맛이 나는 잎사귀는 귀한 나물로
인삼을 닮은 뿌리는 미용에도 좋다

소리쟁이 된장국과 김치로
밥 한 끼 뚝딱 해치우고

오늘도 소리쟁이와 벗 삼아
하천길을 산책하련다
소리쟁이 소리쟁이 그 소리 들으며

자연에 길을 묻다

둥굴레

자연인에 빈번히 등장하는
산야초, 둥굴레

라온이 아침마다
한잔하는 둥굴레차

잎사귀와 꽃이 아름다워
정원의 관상초로 제격이다

구수한 둥굴레 끓이는 냄새가
옆집에서 진동하고
나의 발길이 그리 향한다

곰취

깊은 산속 그늘진 곳
작은 우산들이 펼쳐져 있다

입안 가득 은은하게 풍기는
쌉싸름한 맛이 특징인
봄나물의 제왕, 곰취

그 향미를 좋아하는 약초꾼들이
한 잎 맛보고 그 향에 취한다

곰도 어떻게 알고 겨울잠에서 깨어나
가장 먼저 곰취를 찾는다
그래서 곰취인 듯

곰은 곰 대로 실컷 뜯어 먹고
약초꾼도 한살림 차려 내려간다

자연의 베풂은 끝이 없고
항상 넉넉하다

자연에 길을 묻다

가래나무

호도나무 사촌으로 알려진
가래나무

잎 모양이 농기구 가래를 닮아서
붙여진 가래나무

협동심이 요구되는 가래 농기구
옛 선조들은 가래에서
함께하는 사회를 만들었지

열매, 수액, 기름, 목재 등으로
이로운 나무

덜 익은 열매를 짓찧어
물고기를 잡던 어린 시절 추억

가래 열매를 식량 삼아
구황 식물로 이용했던 조부님 세대

가래 열매를 말려
노리개로 사용했던 부모님 세대

우리들이 잘 모르는 가래나무
아낌없이 주는 나무일세

독활

맛나는 두릅나물 향을 두루두루
만끽할 수 있어 봄이 좋다

참두릅은 뚝뚝 꺾는 재미가 있고
두릅 중 최고 가치를 뽐낸다

엄나무에서 나는 개두릅은 작지만
향이 좋고 약성이 뛰어나다

땅에서 나는 독활은 땅심을 제대로 받아
땅두릅의 위엄함을 자랑질한다

줄기가 곧고 강해서
세찬 비바람에도 끄떡없는
땅두릅이 나는 좋다

참두릅과 개두릅에서 느낄 수 없는
그만의 독특한 맛과 향이 있다

진정한 두릅 마니아는 땅두릅을 찾는다

산마늘

마늘 냄새가 나서 산마늘
목숨을 이어준다는 명이나물
저마다 이름도 재미있네

쌈보다 장아찌로 더 알려져
고기 먹을 때마다
생각나는 명이 장아찌

잎사귀 아름다워
유사종이 넘쳐나네
산마늘, 비비추, 은방울, 옥잠화
꽃도 예쁘다네

은방울처럼 꽃이 예쁜
은방울꽃 독초가
오늘도 여러 사람 유혹한다

홀잎나물

매년 초봄이면
생각나는 나물

엄니와 누이가
깊고 깊은 산속에서 뜯어 온 나물

살짝 데쳐 고추장에 비벼진
홀잎 꽁보리 비빔밥이 얼마나 맛났던가

그때는 이름도 몰랐는데
그게 홀잎나물이었네

지난봄 고향 오일장에
꼬부랑 할머니 좌판을 보니

그 옛날 보았던 데친 홀잎나물이
여러 덩어리로 주인을 기다리네

얼른 한 덩이 품에 안고
된장과 고추장에 무쳐 먹으니

어릴 적 그 맛은 나지 않았지만

내 마음은 그 옛날 동심

야콘

땅속의 배라는 야콘
겨울철 별식이다

예전엔 없던 산야초 같은데
요즘은 고구마 대용으로 인기가 좋다

고구마 맛
산마 맛
배 맛
다양한 감칠맛으로 겨울밤을 유혹한다

이눌린 성분은 혈당을 감소시키고
폴리페놀은 혈관에도 좋다

몸에도 좋으니
그대를 찾는 이 많으리

삽주

어릴 적 한약방 지날 때 구수한 냄새
그 주인공 중의 하나가 삽주라는 걸
이제야 알았네

삽주 어린순은 최고의 산나물
뿌리는 창출과 백출로 이용된다

자연인들이 즐겨 찾는 산야초로
위장과 소화에 좋다

꽃 모양은 엉겅퀴와 비슷하고
뿌리는 망개와 닮아 친숙하다

장마철에 삽주를 태워 곰팡이도 없애고
참으로 삽주는 쓰임새도 다채롭다

천문동

맥문동과 함께 쌍문동으로 불리는 천문동
이름 그대로 하늘의 문을 열어주는 겨울 약초

조선 시대 최장수 영조 임금이 즐겨 먹었던
왕의 음식으로 알려진 신비의 약초

동의보감에 따르면 성질은 차고 맛은 쓰고 달며
폐기로 천수를 치료한다

속살이 새하얀 천문동
바나나처럼 껍질도 잘 벗겨진다

생으로 먹으면 아삭아삭한 식감을 자랑하고
요구르트와 갈아 마시면 찰떡궁합이다

천문동 먹고 몸은 가벼워지고 정신은 맑아져
신선처럼 하늘을 날아오르자꾸나

더덕

다년생 덩굴 식물인 더덕
앞산에도 뒷산에도 여기저기 널려 있네

영롱한 꽃
파릇파릇한 이파리
생동감 넘치게 길게 뻗은 줄기
속살이 희고 우람한 알통을 가진 녀석

누가 말했던가
산야초의 최고봉이라고

사포닌과 이눌린이 풍부하여
쌉싸름한 맛을 자랑하는 더덕

감기와 당뇨에도 좋아 우리 가족 건강 지킴이
약반찬으로 으뜸일세

도라지

도라지 도라지 백도라지
심심산천에 백도라지

도래 도래 도라지
한국인이 가장 좋아하는 산나물

사랑아 사랑아 도라지꽃
영원한 나의 사랑

도라지꽃이 만개했습니다
청도라지 백도라지 반반씩

오동통한 꽃망울을 손으로 똑 누르면
톡 하고 소리 내며 터진다

도라지 아파할까 봐
여린 맘에 두어 개만 하고 멈춥니다

돌아오면서 도라지 몇 뿌리 캐어
도라지무침으로 저녁상을 차려 봅니다

개똥쑥

길가에 개똥처럼 흔한 풀이라 개똥쑥이 됐다

우리 주변에 아주 흔한 풀이지만
말라리아 치료제로 노벨상까지 안겨준
신비의 약초다

한동안 개똥쑥의 항암 효과가 크다는
언론의 대대적인 보도도 있었다

한때 전국의 들판이 개똥쑥으로
변할 정도로 인기가 대단했다

차를 끓여 마시고 국에도 넣어 먹고
떡을 만들어 먹고 비누도 만들었다

세월이 흘러
요즈음 개똥쑥 찾는 이 많지 않으니
사람의 맘은 갈대와 같다

자연에 길을 묻다

뚱딴지

뚱딴지를 돼지 먹이로 주로 사용해서
예전엔 돼지감자라 했다

꽃과 잎은 감자같이 생기지 않는데
뿌리가 감자를 닮아서 뚱딴지가 됐다

초대받지 못한 곳에서
불쑥불쑥 싹이 나와 또 뚱딴지가 됐다

그러나 상황은 달라져
이제 사람들은 뚱딴지 돼지감자를 반긴다

뚱딴지 새순을 꺾어 된장 양념장에 무치면
감칠맛 나는 나물이 된다

돼지감자를 장아찌로 만들거나
깍두기 담그면 맛 나는 밥반찬이 된다

차로, 환으로, 발효 음식으로
거듭 태어나면 훌륭한 약재가 된다

뚱딴지를 아는 사람들이여!

돼지감자를 아는 사람들이여!

뚱딴지 돼지감자 사랑합시다

울금

카레를 먹을 때마다
향과 맛이 참 독특하다 생각했다
내 몸이 좋아지는 신호도 느꼈다

카레의 주원료는 울금과 강황
둘은 같은 듯 다른 듯
결국 같은 것으로 보면 맘이 편해진다

단지 고향이 다를 뿐
강황은 수입산
울금은 국내산

슈퍼 푸드로 알려진
울금은 커큐민 성분이 풍부해
항산화, 항염, 만성 질환 예방과 치료에 좋다

신진대사를 촉진시켜 다이어트 효과
유도단백질 효소를 활성화시켜 당뇨 예방 효과
암세포 증식 억제로 항암 효과
소화 촉진과 면역력 증진 효과

맛있는 카레 요리 즐겨 먹고
몸도 튼튼 마음도 튼튼

자연에 길을 묻다

구절초

산과 들에 구절초가 피기 시작하면
옆에는 코스모스가 활짝 펴 있다

혀꽃과 통꽃이 경쟁이라도 하듯
하얀색과 분홍색을 뽐낸다

뻐꾸기도 들국화가 반갑다고
뻐꾹 뻐꾹 울어 댄다

나는야 구절초
나는야 들국화

화려하지는 않지만
이 세상에 저리 자연스런 꽃이 또 있으랴

들국화가 서서히 시들면
이 가을도 기울어지겠지

방풍

풍을 예방하는 산야초, 방풍
종류도 다양하다

바닷가 자생하는 해방풍은 약초
밭에서 나는 식방풍은 채소

종류는 다르나
약성은 비슷하다

방풍은 된장과 궁합이 좋다
살짝 데쳐 된장 양념에 무쳐내면
최고의 건강 반찬이 된다

방풍 방풍 많이 먹고
풍을 몰아내자

산삼

천종삼인지
지종삼인지
인종삼인지
알 수 없지만

백 년 묵은 천종삼을 위하여
망태기에 호미 넣고
오늘 산삼 캐러 나선다

어느 산으로 갈까
망설이다가
가장 높은 서대산으로 향한다

며칠을 헤매다가 발견한 삼
뇌두가 길고 잔뿌리가 실하다
백 년 천종삼이라 여기고
부모님께 바친다

4부

자연에서
삶을 찾다

으름덩굴

잎, 줄기, 꽃, 열매가 다 아름다워
으름덩굴은 한 편의 수채화

굵은 긴 줄기가 힘차게 뻗고
이파리는 풍성함을 더해 주고

잎새 사이로 뽀롱 뛰어나온 꽃은
아름다움의 극치며

가을에 더해진 열매의 향연
시골 바나나 정감을 최고로 끌어 올린다

참두릅

봄은 참 좋다
새로 나온 봄나물 천지라

참두릅 뚝 꺾어 살짝 데쳐서
초장에 찍어 먹으면
그 향미를 무엇과 비교할꼬

산야초를 배우면서
첨으로 시도했던 두릅 장아찌

봄의 상큼한 맛을 더하는
참두릅 된장국

두릅의 추억 향연들
갑자기 가을의 문턱에 내 뇌리를 스쳐 간다

오늘 저녁엔 김치냉장고에 짱 박아둔
두릅 장아찌로 봄 기분을 내고파

자연에 길을 묻다

겨우살이

공생이라고 하기엔 너무한 당신
참나무 위 겨우살이

공생보단
기생이 어울릴 듯

전망 좋은 곳에 떡하니
한살림 차린 겨우살이

새 둥지처럼 허락도 없이
자리 잡은 겨우살이

제삼자인 입장에서 보면
겨우살이가 너무한 것도 같건만
서로 평화롭다

방을 빼라 하며
싸우지도 않는다

그냥 한동안 왔다 가는 손님처럼
인심 후한 주인아줌마처럼
서로 고즈넉하게 공존한다

아옹다옹 우리네 삶도

저리 가면 얼마나 좋을까

자연에 길을 묻다

마가목

엄나무 새순이 나올 때쯤
마가목 새순도 옆에서 움트리며

말의 이빨처럼
마치 삼지창처럼
마가목 새순이 곧고 힘차게 솟아난다

봄에 마가목 흰 꽃은 수국을 닮아 화려하고
가을에 마가목 붉은 열매는 사과처럼 영롱하다

작년에 약초 스승님 진안 농장에 갔을 때
먹었던 쌉싸름하고 향긋한 새순 맛
지금도 잊지 못한다

모든 약초 나물들의 향연은 새순에서 시작하듯이
마가목도 같도다

잔대

어렸을 때 동네 친구들과
앞산과 뒷산을 오가며
동에 번쩍 서에 번쩍 뛰어다녔지

춘궁기 보릿고개 어느 날
어린아이는 잔대를 캐서
어머니께 갖다 드렸다

그날 저녁 반찬으로
잔대 몇 뿌리에 고추장이 올라왔다

부모님부터 육 남매가 잔대 한 뿌리씩 들고
찬물에 꽁보리밥 말아 순식간에 먹어 치운다

저녁은 꿀맛이었고 소년은 행복해한다
70년대 우리네 인생사, 라온의 추억

자연에 길을 묻다

영지버섯

붉은 갓 표면 무늬와 색상이 선명하고 영롱하다
화려하고 수려함에서도 버섯 중 가히 으뜸이다
영지는 약성도 좋아 불로초로도 불리운다

청지, 적지, 황지, 백지, 흑지, 자지 등
종류도 다양하고 색상도 화려하다

주변에서 나는 대부분은 붉은 적지요
백지와 흑지가 드물게 보일 뿐
영지는 아주 귀한 보물이다

버섯 자루만 사슴뿔처럼 우뚝 솟아오른
녹각 영지는 최고의 생김새를 뽐낸다

어릴 적 성묘 가다 만났던 빨알간 영지버섯
첫사랑을 만난 듯
지금도 그 느낌 생생하고 이쁘다

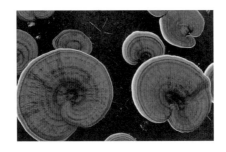

말굽버섯

더그덕 더그덕 말발굽 소리가
자작나무에서 들린다

저그덕 저그덕 말발굽 소리가
참나무에서 들린다

고개를 들어 쳐다보니
말굽이 나뭇가지에 걸쳐있네

그것도 여러 쌍이 황금 띠를 두른
황금마차 바퀴를 돌리면서

나는야 황금 말발굽
나는야 황금 말굽버섯

잔나비걸상버섯

깊은 산속 옹달샘
원숭이들이 멋진 의자에 걸터앉아
회합을 하고 있다

아마 오늘이
원숭이들 잔칫날인가 싶다

원숭이들이 앉아 있는 의자를 보니
널찍한 게 귀티가 난다

어디서 저런 멋진 의자를 구했을까
탐이 난다

얼마냐구
어디서 샀냐구
물어보니

참나무에서 얻은
자연산이란다

그것도 썩은 참나무에서
공짜로 얻은 잔나비걸상버섯

구름버섯

하늘에 뭉게구름이 떠 있던 날
배낭 하나 메고 집을 나선다

동무와 함께
구름버섯 따러 간다

하늘을 가듯
구름을 따듯
신선처럼 운지를 따러 간다

층층이 뭉게구름처럼
운지가 오목조목 예쁘기도 하다

한 겹 두 겹 차례로 벗겨 내니
금세 배낭 한가득

오늘도
자연은 무한 내주는구나!

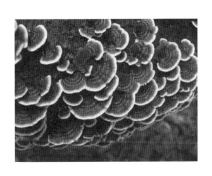

석이버섯

깊고 깊은 골짜기
바위 절벽에 소 천엽
같은 것이 보인다

가까이 가보니
사람 귀를 닮은 석이버섯이
다닥다닥 붙어 있다

궁중 요리에서만 볼 수 있었던 석이
요즘도 아주 귀하다

석이를 우려낸 물은 진한 향기가 나서
천년의 향기라 한다

귀한 버섯을 내어주신 신령님께
석이버섯 안주로 막걸리 한잔 올린다

능이버섯

버섯을 사랑하는 미식가들은 말한다
일 능이, 이 송이, 삼 표고
그만큼 능이는 버섯 중 으뜸이다

능이는 향이 강하고
육질이 아삭하고 쫄깃하여
찌게 종류로 먹으면 맛이 끝내준다

능이는 맛과 향이 좋아서
향버섯이란 애칭도 있다

가을철 능이를 먹지 못하면
겨울을 맞이할 수가 없다
그만큼 능이는 인기가 좋다

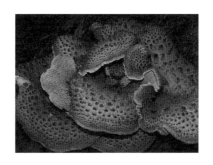

자연에 길을 묻다

표고버섯

깊은 산속
호빵처럼 빵빵한 놈들이
썩은 나무에 즐비하다

표고버섯 달려 있는 모습이
정겹고 거의 예술이다

가장 흔하면서도
영양도 풍부하고
맛도 있는 버섯이 표고란다

끓는 물에 살짝 데쳐
참기름장에 찍어 먹으면
최고의 술안주요
보양식이다

자연인들은 표고목 농장을 기본으로
사계절 밥상을 풍요롭게 만든다

싸리버섯

늦여름 비가 많이 오고
찬 바람이 불기 시작하면 나타난다

산호초를 닮아 색과 모양이 예쁘고
싸리 빗자루처럼 매끈하다

버섯 대표 능이와 송이보다는
유명하지는 않지만

식감이 쫄깃하고 탱글탱글해서
애호가들에게는 싸리버섯은 인기가 좋다

돼지고기와 함께 넣고
얼큰하게 끓이면
한 끼 식사로 최고다

프라이팬에 기름 두르고
지글지글 볶으면
가히 임금님 수라상이 부럽지 않다

느타리버섯

부서질까 두려워
만지지도 못하고
눈으로만 본다

첫사랑 만나
부끄러워
첫 손 잡을 때처럼

느타리 살짝 만져보면 보들보들
첫사랑 볼살처럼
촉감 좋다

느타리 살짝 데쳐서 결대로 찢어
간장에 볶아 먹으면
입안에서 촉감이 보드랍고 살살 녹는다

망태버섯

대나무밭
하얗고 노란 망태처럼
얽혀 있는 것이 있다

신부 드레스 같기도 하고
옛날 대학생들이 입던
망토와도 비슷하다

버섯의 여왕
망토버섯 자태가
신비롭고 경이스럽다

하얀 웨딩드레스와
노오란 처녀 스커트를 입고
총각들 심쿵 울린다

자연에 길을 묻다

송이주 찬가

송이는 예로부터
맛과 향이 뛰어나
예찬하는 시문도 많다

동의보감에서 송이는 향기롭고
산중 고송의 송기를 빌려서 난 것으로
버섯 중 으뜸이라고 했다

송이주는 옅은 황록색의 빛깔을 띠며
청량한 향을 풍기며

입안에서 부드럽게 머물다
걸림 없이 넘어간다

술을 마신 후
입안에 남는 잔향도
가히 매력적이다

최근 버섯 서열에 변화가 생겼다
일 송이, 이 능이, 삼 표고, 사 석이

이 순위에서 알 수 있듯이
동서양을 막론하고
최고의 버섯은 능이가 아닌 송이다

이처럼 송이주는
신선한 레몬의 시트러스 향이
강하게 올라오고

송이 본연의 버섯향이 독특해서
사람들을 사로잡는다

하수오

예로부터 하수오를 먹고
신선이 되어 하늘로 올라가
수백 년을 살았다는 설

하공이라는 사람은
하수오를 달여 먹고
백발이 흑발이 되었다는
이야기도 전해 온다

그만큼 하수오는 효능이 좋다
모발조백
자양강장
정력증진

특히 백하수오 담금주는
머리를 검게 하고
양기를 북돋우는데
최고다

비수리

밤에 하늘의 문을
열어주는 산야초, 야관문

남자의 빗장을 풀어주는
비수리

자갈밭에 흔하게 보이는 약초지만
중년 남성들의 사냥감이 되고서는
씨가 마른다

여름철 꽃이 필 무렵
최고의 약성을 자랑하니
요즘 뭇 남성들 더욱 바빠지겠네

자연에 길을 묻다

오미자

다섯 가지 맛이 나는
오미자

단맛
쓴맛
신맛
매운맛
짠맛

그중에
신맛이 우세하여
오미자는 시다

구월에 붉은 장과를 따서
오미자청을 만든다

겨울에는 따뜻한 차
여름에는 시원한 음료

일 년 내내 오미자와 함께하여
천식과 갈증을 저 멀리 소풍 보내자

헛개나무

숙취의 나무로 알려진
헛개나무

숙취 해소와 보조제로
최고의 몸값 자랑한다지

지구엽, 지구목, 지구근, 지구자
모두 약성은 좋지만

헛개 열매인 지구자가
숙취 해소엔 최고라지

헛개 제철 가을도 됐으니
망태 들고 헛개 따러 가 보세

조릿대

간만에 한라산에 가보니
온통 조릿대 세상

낮은 곳, 높은 곳
가리지 않고
산죽이 깔렸네

산사태 염려는 덜었지만
생태계 교란이 심각하도다

제주 조랑말 방목을 이용한
조릿대 퇴출 작전까지 등장했다니

요놈의 조릿대 몸에는 좋은데
번식력이 문제로다

조릿대잎 차 많이 먹어야겠다

원추리

봄이 오는 소식을 전해주는
봄의 전령사, 원추리

초봄 야들야들할 때만
먹을 수 있는 봄나물

선조들은 어린순을 꺾어
시래기 엮듯이 말려두었다가
정월 대보름에 국을 끓여 먹었다

보름날 원추리를 먹으면
일 년 내내
근심 걱정이 사라진다네

초봄의 향긋한 원추리무침
쌉싸름하고 부드러운 원추리박대조림
제철 음식이 최고지

삼지구엽초

삼지에 구엽이라
삼지구엽초

최고의 원기 회복에
지상 최고의 자연 정력제

숫양은 하루 교미를 백 번 하고
팔순 노인은 장가들어 득남한다

삼지구엽초 덕분에
지구상 수놈들 기 펴고 사네

참나리

주근깨가 다닥다닥 붙고
수줍은 듯 고개 숙이지만

자신감 넘치는
자태가 아름다워

그대 이름은
나리 중에 최고봉, 참나리

네 모습 보고
있노라면

지상의 어떤 꽃도
너를 부러워하지 않으리

가는 시간 아까워
너만 보고 있지만

이 계절 지나면
네 모습도 사라지겠지

자연에 길을 묻다

초판 1쇄 인쇄 2020년 10월 28일
초판 1쇄 발행 2020년 11월 04일
지은이 라온 정석영

펴낸이 김양수
편집 이정은
교정 박순옥

펴낸곳 도서출판 맑은샘
출판등록 제2012-000035
주소 경기도 고양시 일산서구 중앙로 1456(주엽동) 서현프라자 604호
전화 031) 906-5006
팩스 031) 906-5079
홈페이지 www.booksam.kr
블로그 http://blog.naver.com/okbook1234
포스트 http://naver.me/GOjsbqes
이메일 okbook1234@naver.com

ISBN 979-11-5778-461-5 (03800)

* 이 도서의 국립중앙도서관 출판예정도서목록(CIP)은 서지정보유통지원시스템 홈페
  이지(http://seoji.nl.go.kr)와 국가자료종합목록 구축시스템(http://kolis-net.nl.go.
  kr)에서 이용하실 수 있습니다. (CIP제어번호 : CIP2020045855)